詩物語《しものがたり》

西原大輔

詩物語　目次

V　二行の詩情

はじめに

『詩物語《しものがたり》』という書名は、平安時代の歌物語《うたものがたり》から発想しました。『伊勢物語』『大和物語』『平中物語《へいちゅう》』では、和歌と短い文章が一体となっています。実在した人物について語られることも多く、一種の伝記のような性格を持ちます。短歌に詞《ことば》が加わり、韻文と散文が融合した抒情的作品。『詩物語』は、そのような詩文交響の世界を意識しつつ作ったものです。歌物語では、定型三十一文字が鍵ですが、本書では、主として自由律詩が中心となっています。

通常、詩集に掲載されるのは、詩作品だけです。私はそのような本を手にしつつ、詩人自身による解説が添えられていたら、と思うことがしばしばあります。詩とエッセイを並べた『詩物語』では、詩が文を引き立たせ、文が詩を補うものとなるよう心がけました。

私は、七五調四行詩を七五小曲と名づけ、専らこの定型形式で詩を書いています。しかし、『詩物語』には、七五小曲は一篇も収録していません。定型を愛してやまないとはいえ、詩情が七五小曲の型にうまく収まらない時もあります。この詩集では、七五小曲という四角い小箱からはみ出した詩篇の数々、四十五作をまとめました。二〇〇九（平成二十一）年から二〇一五（平成二十七）年までに成ったものです。

身を用なき者に思いなした在原業平とは異なり、私は大学教員として型どおりの人生を送ってきました。自由な生涯とは対極にある平凡な生き方……。それでも、詩の形式だけは、ほんの少しだけ七五小曲の型をはずれ、「自由」律詩を書くこともあります。

詩物語

I　少《わか》き日を懐《おも》う

風

僕たちは野原を風のように駆け抜けて
ネクタイで首を締め上げる大人になった
知らぬ間《ま》に時は傾き
記憶だけが風に抗《あらが》っている
ああ
秋風が頬《ほお》を冷たく撫《な》でてゆく
眼を閉《と》じれば少年の日の空が……
眼を開《ひら》けば少年の日の雲が……

パソコンで動画を見る時、画面の下に横棒が出て、今、自分が全体のどのあたりを視聴しているのかが、一目でわかるようになっている。点を左右に動かすと、冒頭から結末まで、画像は行き来自在だ。もし、自分の生涯をこの画面のように見ることができたら、僕らは何を思うだろうか。

古いアルバムの写真。脳裏にある少年時代の記憶。昔と何も変わらない秋の風。人生の動画は脳中の想像世界にしか存在せず、映像はとぎれとぎれで、不鮮明だ。ところがごく一瞬だけ、とても色彩鮮やかな場面が現れ、音声すらはっきりと聞こえてくる。僕は慌《あわ》てて、それを手で触ろうとする。続きを見ようと焦《あせ》る。途端に画像はぷっつり消えてしまって、走査線が乱雑に交錯するばかり。後に残るのは、切なさの感覚。懐旧の情とか、追憶とか、郷愁などと呼ばれるもの。

後ろ向きだと笑うだろうか。でも、これこそが僕の詩心の源なのだ。

立ち読み

本屋で立ち読みをしていたら
小学生がそっとやって来た
エロ雑誌をちょっとめくって
慌《あわ》てて逃げて行った
私は思い出す
子供の頃、世界は謎に満ちていたことを
何もかも知ってしまった中年の
疲れた中年の立ち読みよ

コンビニの雑誌の棚は、なぜかどの店も道路に面したガラスの前にある。夜、通りから店内を眺めると、横一列になって週刊誌を立ち読みする中年男たちが、みな人生に疲れているように見える。

小学生の頃、近所の小さな本屋に並ぶ大人の本は、どれも難しそうなものばかりだった。あの時、大人の世界は遥か遠くにあった。成人になるのは千年も後のこと。自分には当分関係がないと、固く信じて疑わなかった。

子供の時分、世界は謎に満ちていた。この道をずっと歩いていったら、その先にはどんな国があるのだろうかと思った。そして、遠く一直線に消えて行く道路をぼんやり眺めたりした。

本屋にエロ雑誌をめくりに来た小学生を見て、僕は、自分が少年時代に書店で味わっていた感覚をふと思い出した。ああ、あれ以来、僕は遥か遠くに来てしまった。二度と戻ることのできない、本当に遥かな、遥かな距離である。

地上の幸福

空仰ぐ地上の幸福を
私は早くから知ってしまった
大人たちは勉強ができる子供を待ち構えていて
両肩に重りをつけて気球に乗せる
褒《ほ》められた嬉《うれ》しさに
もっともっとと上昇すれば
優等生とか
エリートとか
知識人とか呼ばれ
気づけば損なことばかり
寅さん映画にまで疎外され

空気の薄い上空に揚《あ》げられた心細さよ
肩の重荷を捨て去れば
地面はますます遠くなる
空仰ぐ地上の幸福を
私は誰よりも願っているのだが

正義の味方は庶民の味方だと思い込んでいる人が多いから、いわゆるエリートとされる人間の心の中など、想像にも同情にも値しないと考えられている。日本ほど選良に冷たい国はない。

修行僧のような精進を重ねて受験を乗り越え、一流大学で熱心に研鑽を積んだのに、その後の人生がうまくいっていない人は案外と多い。

何とかなっている者でも、弱気になることがある。そんな時、頭をもたげてくるのは、もしも自分が「普通の」学歴だったなら、もっと気楽で幸せだったのではないかという思いだ。名門大学出身という経歴が、却って重荷でしかたがないという人もいる。だが、今さら引き返すことはできない。

僕たちはふとした偶然から、社会の過剰な期待に晒《さら》されることがある。気づいたら、思いがけない重い責任を負っている時がある。それでも逃げずにふんばる精神力こそが、立派な仕事を成し遂げた日本の先人たちを支えていたに違いない。

君の空は

中三の僕らが東北を旅した時
春はまだ浅かった
弘前城《ひろさきじょう》には雪が残り
三陸の海風は肌に痛かった
それでも中学生の僕たちには
青い大きな空があった
あれから三十年
僕らは正真正銘の中年男だ
世の中の汚い所もだいぶ見た
君と二人で旅に出た時
僕たちの頭上には青い空があった

今でも心が苦しくなると
あの日の大きな空を思い出す
あれから三十年
こうして月日を重ねてみると
古い友達は実にいいもんだな
友よ
僕の古い友よ
君の空は今もまだ青いか

二〇一一年の大震災で、三陸は大津波に襲われた。テレビから流れてくる映像を見ながら、僕は、中三の時に泊まった宮古市のユースホステルを思っていた。あの懐かしい建物も、きっと流されてしまったに違いない、と。

フェースブックに登録したら、昔の同級生の顔写真を目にするようになった。三十年ぶりに見る顔は、何一つ変わっていないのに、すっかり変わり果てている。僕はパソコンに向かいながら、過ぎ去った歳月を思わずにはいられなかった。

自分では大人になったつもりでいた中学三年生。少年が思い描いていた未来への夢。その未来が今になって、僕は、実現できなかった夢の数ばかりを数えている。果たしてこれで良かったのか。別な道があったのではないか。やり損ねたことばかりが気になる。でも、あれこれ考えてもしかたあるまい。僕はもう一度、あの日の青空を心に想い描いて、精一杯生きてゆくしかないと思うのだ。

母校再訪

横浜の母校に立って
母校への憧れ悲し
あの頃の歌は聞こえず
汽笛のみ空に茫茫《ぼうぼう》

教室の机に座り
仰ぎ見る黒板嬉《うれ》し
あの頃の友を思えば
窓を吹く風は蒼蒼《そうそう》

傷古き講堂に聴く

生徒らの校歌は楽し
あの頃の恩師は老いて
若き日々遥か蕩蕩《とうとう》

校門を一人背にして
駅へ行く坂道空し
あの頃の店は消え失せ
雲ばかり今も悠悠《ゆうゆう》

『掌《てのひら》の詩集』に収録した時は、各連がそれぞれ独立した計四篇の作品だったが、今回は一つにまとめて見た。こちらの方が断然良い。

母校とは、横浜の聖光学院のこと。根岸線を山手駅で降り、住宅地の中の緩《ゆる》やかな上り坂を行くこと約十分。懐かしい校舎が見えてくる。私立の中高一貫校は教員の移動が少ないから、卒業後三十年経っても、まだ知っている先生が働いておられる。とても嬉しい。

学校は丘の上にある。屋上から見える海には、いつも巨大な貨物船が浮いていた。ラムネ・ホールという、フランス人の名前を冠した講堂があって、始業式・終業式などでは全校生徒が一堂に会する。「礼！」と号令がかかると、中学一年生のあたりからだけ、カラカラという音が聞こえてきた。背が低いから、制服の胸ボタンが前席の木の背もたれに当たるのである。カナダ人の校長先生は、ことあるごとに「紳士たれ」と僕らに呼びかけた。

太田川橋梁《おおたがわきょうりょう》

重い箱を引きずって
貨物列車がのろのろと橋を渡ってゆく
薄汚れた貨車がごろごろとついてゆく
ああ
若死にした友よ
君は自分のことだけを考えながら逝《い》ったのだ
死者は清らかに流れ去り
生者は汚辱《おじょく》にまみれている
僕は重い心を引きずって
この長い長い橋を渡ってゆこうよ

学生の頃、鉄道に乗るのが好きで、全国を旅した。山陽線では太田川橋梁に旅情を感じた。広々した流れの上を列車がゆっくりと渡ってゆく。遥かな異郷にやってきた、と僕は思った。自分が広島に住むことになろうとは、想像すらしなかった。

平均寿命の長い日本でも、早死にする人はいる。僕の身のまわりにも何人か。彼らは若いままの姿で記憶の中に生きていて、日常のふとした折に意識に浮かび上がってくる。清らかで純粋なまま死んでしまったあの人たち。生き残った者は、年々知恵をつけてずる賢くなり、給料の多寡や地位の高低など、損得勘定ばかりが関心事になってゆく。

僕は、時々太田川の川べりを散歩する。もはや国鉄と呼ばれなくなった鉄道の橋を行く貨物列車を眺めていると、かつて旅でここを通った時のことを思い出す。山も川も線路も昔のままだ。いつの間にかおじさんになってしまった僕は、流れ去った歳月と人とを思っている。

四月の広島大学

なんて美しい景色だろう
授業が終った夕方に
新入生が群れている
これから遊びに行くのだろう
桃や桜も咲いている
彼らの視界に中年の
教授の姿は入らない
輝く青春群像を
私はまぶしく見つめている

目の前にいる大学生はいつも若いけれど、彼らを教える僕自身は、どんどん年をとってゆく。

二〇一四年四月、新学期の慌《あわ》ただしい会議からようやく解放されて、僕は夕方の学内を歩いていた。放課後の図書館前には、自転車の新入生が三十人ぐらいで固まっている。出会ったばかりの彼ら彼女らは、まだリーダーもいないままに、誰かが仕切ってくれるのを待つ風情。誰もその場を離れようとしない。この美しい青春群像を目にして、僕は自分が大学に入った時のことを思い出した。

十八歳の彼らは、新しい友達を作るのに必死で、すぐ脇を通りかかった中年の教授などには目もくれない。そのわずか二、三メートルの距離が、僕には気の遠くなるほど遥かなものに思われた。

若いっていいいな。でも、自分が若さの真っ只中にいた時には、その美しさなど、少しも見えていなかった。自分たちを見つめる羨望の眼があることなど、気づくはずもなかった。

学生諸君に与える

どうにもならない逆境を
意志を鍛える槌《つち》としよう
たとえば重なる不合格
失恋、不祥事、不和や事故
叩かれて折れることなく
強い鋼《はがね》となるように
逆境を意志の力で
意味ある時間に変えてゆこう

説教好きは、教師の悪い癖だ。僕も大学教員だから、偉そうに何かを言いたくなることがある。教える方は、これこそが大切なのだと思っても、聞かされる側にとっては、どうでも良いことばかり。他人の話を我慢して聞く訓練にしかならない。

でも、学生のみなさん。少しは老先生をかわいそうだと思って、しばらく付き合ってあげて下さい。あれは一種のひとりごと。神社の前でぶつぶつ祈っている呟《つぶや》きのようなもの。お経を聴く時のように、頭を下げたまま辛抱してやって下さい。

街を歩くと、道端で色紙をひろげて「ポエム」を売る若者を見かける。素朴さを演出したヘタウマな字で書かれた文句を見ると、「そのままのあなたが素敵」だとか、「間違ったっていいんだよ」とか、脱力系の安直なメッセージばかり。実に酷《ひど》いものだ。若い人の中にも、中高年に劣らず教訓好きな人はいるらしい。それならば、「ゆるい」言葉ではなく、固くて「強い鋼《はがね》」の方が良いだろう。

新任教員に与える教訓

——これは私の苦い体験です

子供は
先生の言うことを聞いているのではない
君の行動を心の眼で見ているのだ
教師よ、生徒を恐るべし

教師にとって、生徒や学生ほど恐ろしいものはない。彼らは実によく先生を見ていて、瞬時にその本質を判別している。

僕が筑波大学の学生だった頃、どの教授がすごい人物で、誰がたいしたことのない教員なのか、実によくわかっていたと思う。大学生は知識も教養も足りないが、教師を計量する秤《はかり》の目盛りだけは甚《はなは》だ正確で、その批評は正鵠《せいこく》を射ていた。しかし、自分自身が大学教員になった今、改めて振り返ってみると、凡庸だと軽蔑していた先生も、それなりに良い研究をされていたと思う。

教壇で講義をしている時、しばしば僕は想像する。目の前で神妙に聴講しているこの学生たちも、昔の僕と同じように、教師の軽重を計っているのだろうか、と。もちろん彼らは、測定結果を教授に正直に話したりはしない。相手が嫌がることははっきりと言わない、心やさしい若者たちである。それだけに一層、僕には恐ろしいのである。

青春哀歌

歓喜の歌も歌はぬに
我が青春は尽きんとす
行きて帰らぬ若き日の
哀歌の声のみ残りたり

美酒の甘さに酔はぬ間に
宴《うたげ》は早くも果てんとす
輝く金の盃《さかづき》に
離別の涙を酌みかはす

旭 日《きょくじつ》出でてたちまちに

青春の日は暮れんとす
破るに惜しき今日の夢
黄昏《たそがれ》の色空に満つ

青春の抒情などという言葉は、もはや死語だろうか。今の学生諸君も、若さを惜しんで感慨に耽ることがあるのかどうか。いずれにせよ、青春の哀歌には、古い文語の七五調がふさわしい。

島崎藤村や土井晩翠、中原中也らが愛用した七五調の定型詩形式は、明治から昭和初期の五十年ほどが最盛期で、その後はあっという間に時代遅れの遺物とされてしまった。僕は、田舎に打ち捨てられた古い洋館を慈《いつく》しむように、七五調抒情詩の古色蒼然とした姿を愛している。

朝日はたちまち夕日となり、宴《うたげ》は短く、歌声ははかなく消えてしまう。それは短い青春の比喩であると同時に、僕が愛してやまない七五調の運命の暗喩でもある。

戦後の一時期、定型詩や抒情詩は現代詩の仮想敵とされ、酷《ひど》い扱いを受けた。批判の急先鋒だった村野四郎や鮎川信夫《あゆかわのぶお》。彼らは、もはや誰も七五調で詩を書かなくなった平成の日本を見て、草葉の蔭で革命勝利の凱歌を歌っているのだろうか。

Ⅱ　生きるしみじみ

祝婚歌（原点）

公園の砂場には
小さな原始時代の記憶が埋まっている
大人になった私たちは
おもちゃのシャベルでそれを掘り起こそうとする
だが思い出は遥かな空に霞んだままだ
零歳の追憶を誰が持っているというのか
自分のゼロ地点を
私たちはみな置き忘れてきてしまった
新しい出発を祝おうと
ここに集える私たち
今私たちは二軸の交点に立って

一つの原点を鮮やかに見つめている
今日私たちは知ったのだ
一つの希望がどのように生まれたのかを
新しい望みがいつどこで誕生したのかを

タイムマシンがあったなら、子供時代の自分の姿を見てみたい。誰もがそう思ったことがあるだろう。砂場で山やトンネル作りに熱中した幼き日。あの限りなく懐かしい時間の真横に立って、遊びに余念のない小さな僕自身を心ゆくまで眺めてみたい。その子はきっと、ぼろぼろと涙を流し続ける見知らぬおじさんを、黒い瞳できょとんと見上げ、不思議そうに見つめることだろう。

毎日慌《あわ》ただしく過ごしていると、今日の午後や、明日、明後日、来週が重大事で、目先の時間ばかりを追ってしまう。ところが、結婚披露宴に出席している間は、なぜか脳内の感覚の波長が極端に長くなって、新郎新婦の子供時代から老後までが、くっきりと見えてくる。

公園の砂場も結婚式も、人生の一つの原点、折々立ち戻る記憶のゼロ地点だ。二人が今日という日を心にどう刻むのか。その心象風景が限りなく明るいものであることを、願わずにはいられない。

年賀状

教え子の美人ちゃんからだ
どうやら去年も結婚し損《そこ》ねたようだ
たいそう前向きなご挨拶である
今年もどうやら駄目そうである

元ゼミ生から送られてくる年賀状を眺めていると、若い人生のさまざまが手にとるように見える。転職、転居、結婚、出産、離婚など。二十代もまた、十代とは別の意味で大変な時期だと思わずにはいられない。

広島大学に移ってから十年あまり、毎年五・六人のゼミ卒業生を送り出してきた。ほとんど女子学生である。面白いのは、美人なのに全然男性と縁のないまま年を重ねてゆく人が、何人もいることだ。あまりに完璧でスキがないと、却って異性は近づいてこないということか。清潔無菌では、悪い虫もつかないが、良い男も寄ってこない。

しっかりした模範的な女子学生だった。愛嬌ある親しみやすい美人ちゃんである。僕のような者が教えるのがもったいない程の顔立ち。常に前向きで、いつも「頑張ります」と、明るい声で言う。来年の年賀状も、今年と同様、きっとポジティブな言葉で綴《つづ》られるに違いない。

結婚披露宴

なんてあさましい結婚式だ
家柄が財産と取引きされようとしている
ここはマーケット
商業の最前線
利益交換所
新郎新婦は神妙に座っている
司会者は場を盛り上げようとしている
両家は喜びに沸いている
一方はうまくいったとほくそ笑み
もう一方は儲《もう》かったと嬉しがり
パチパチと算盤《そろばん》をはじいている

出席者は冷ややかに笑顔を保っている
この契約はどちらが得をしたのか
客は卓上計算機をいじる手つきで
ナイフとフォークを動かしている

結婚披露宴ほどあからさまな行事はない。出席者は、祝福しつつも、秘かに双方の釣り合いを計算している。しかし、それを口に出すのはタブーである。学歴やら、美醜やら、収入やら、財産やら、親の地位やら、親族の権勢やら、何から何まで見えてしまって、こちらの方が気恥ずかしい。

手持ち無沙汰でいたたまれないから、目の前に次々と料理が運ばれて来るのは救いである。隣りあった見知らぬ人とも、和気藹々《あいあい》と会話をしなければいけないのだが、いまさら、「今日はほんとうに天気が良いですね」と言うのも白々《しらじら》しい。

新郎新婦や親兄弟、両家親族のストレスたるや、傍目《はため》にも気の毒なほどである。まるで芝居初日の舞台裏のような緊張感。薄々感じられる親戚同士の確執。触れてはいけない新婦の過去。新郎の上司への過剰すぎる気配り。この人間臭い人生劇場の観客となったが故に、僕は所縁《ゆかり》あるこの二人の前途を、心から祈らずにはいられないのだ。

病棟の窓

午後六時の病院の窓は、みな途方に暮れていた。やがて都会の闇の中に四角い電灯が点《とも》り、その中には生活が、生活らしきものがあった。早い夕食、早い歯磨き、早い休息。そうしてたくさんの仮の一日が、病室の明かりとともに消えるのだった。後には連なる一列の、夜を見守る一列の、看護婦詰所の光であった。

夜、町中を歩いていると、ふと大きな病院が目にとまることがある。無数の窓に無数の明かりが点《とも》り、その一つ一つに病気を抱えた人生がある。

僕はもう三十回近く入院したから、病棟の窓明かりの向こう側がよく想像できる。暑さ寒さから隔離された完全空調の退屈な空間。朝晩繰り返される検温と血圧測定。安物の食器を運んでくる食事の台車。食べ残しだらけの下膳台。汚物処理施設と隣り合ったトイレ。他人とパジャマ姿で並んでの歯磨き。ベッドのすぐ横の有料テレビ。どれもこれもが、「お前は病人だぞ」と語りかけてくる。

外の景色を病室から眺めるより、外から夜の病院を見上げる方がずっと悲しいのは、どうしてだろうか。それは、想像力で思い描く世界の方が、現実そのものよりも感情が痛切で、感覚が純化されているからかも知れない。消灯時間の夜九時を過ぎた病院は、電気があまりついていない。眠れない時間を悶々と過ごす人たちの姿が目に浮かぶ。

方法

人工透析患者になったことを
私は不幸だとは思わない
などと語るつもりはない
それは確かに不運であり悲惨である
区役所に障害者手帳を申請しに行く私自身に
私は戸惑わずにはいられなかった
しかし今やそれは
私が生まれたのと同様に自然なことである
あの日私は学んだのだ
人生が三万日に過ぎないことを
捨て去るべき余剰物は何であるかを

そしてもう一つ
不器用で人見知りの激しい妻を
静かにいつくしみ続ける方法を

僕は人工透析の身体障害者だから、マスコミの障害者の扱い方には、いろいろと言いたいことがある。腹立たしいのは、障害者を「障がい者」と書いたり、「障碍者」と書き換えたりすることだ。

体が害されているのだから、「害」を使うのは当然のこと。障害者団体が害の字に反対した事実もない。全く理不尽な言葉狩り。彼らは内心では、障害者が社会を「害」しているとでも思っているのではないか。私が原稿に「障害者」と書いたら、「それは弱者差別の人権侵害だ」などと怒られそうな勢い。いったい誰が誰を代表しているのか。

テレビでは、「障害を持って却って良かった」などという自己承認発言が頻繁に紹介される。そんな馬鹿な。五体満足が良いに決まっている。不可避の運命を前にして、自己合理化の心理が働いているに過ぎない。他の選択肢が閉ざされた以上、これで良かったと思い込むより他《ほか》に、自己救済の道がないのだ。この詩もまた、その一例である。

自分の血を見つめて

ポンプが回って透析が始まると
寝ている私の顔の上を回路の血がめぐってゆく
私は六時間考える
自分の血を見つめながら……
そして今日も家に帰る
自分の血を体に収めて

血は、自分の意志ではどうすることもできない運命の象徴だ。「血は争えない」とか、「血を分けた兄弟」などと言う。その血液を、僕は毎週三回、一回六時間ずつ見つめ続けている。

人工透析中、血液は僕の左腕から管に引き出され、ベッド脇の機械を通って筒のようなフィルターで濾《こ》され、再び腕に戻ってくる。血は、横たわった僕の頭上をめぐってゆく。飯島耕一の有名な詩「他人の空」に、「血は空に／他人のようにめぐっている」とある。シュールレアリズムの詩が現実となった、まさに超現実《シュール》な光景。

管につながれた六時間はとても長く、読書と睡眠とテレビだけで紛らわすことはできない。流れる血をぼんやり眺めていると、さまざまな思いが胸中をよぎってゆく。だからと言って、何か結論が出るわけでもなく、良い考えが浮かぶわけでもなく、あれこれ思い煩《わずら》っていると、やさしい看護師さんがやってきて、「終わりです」と言う。

友を見舞って

友よ　言わないでおくれ
これが最後になろうとは
昔二人の校庭で未来を語った時のように
二人で明日を語ろう
それが今日の力になる限り
二人の明日を語ろう
外では桜に風が吹く
風に抗《あらが》い花弁が揺れる
我が友よ、言わないでおくれ
どうかそれを言わないでおくれ

僕のような腎不全患者は、人工透析さえ続けていれば、決して死ぬことはない。医学や医療技術は本当に進歩していて、僕はたっぷりとその恩恵に浴している。ところが、透析には合併症があって、時々希望がよろけることがある。

「もう駄目か」と思う時、心の中では絶望と希望が葛藤を繰り広げる。傍目《はため》にはぼんやり考え事をしているだけだが、内面では、激しい活劇の上演中だ。舞台には立場の異なる登場人物が次々と現れては、僕を味方につけようとする。どちらの側も、あれこれ理屈を言って、僕を説得しようと挑《いど》んでくる。心は一時《いっとき》も休まることがない。

詩「友を見舞って」は、そんな病人の心理を描いたものだ。詩中のお見舞いは、全くの虚構、一種の比喩である。見舞っているのも、見舞われているのも僕自身。二つの心が、脳中で対話をしているといった具合。希望は風前の桜のようにはかなくて、風に抗《あらが》う花弁は右へ左へと弄《もてあそ》ばれる。

昔の人もみな

死は怖い
だが恐れることはない
昔の人もみな死んだ

「昔の人もみな死んだ」の一行に、とぼけた面白さを感じてもらえれば、この詩は大成功。死ぬのは怖いけれど、昔の人もみな無事に？死んでいったのだから、何も心配しなくても良いじゃないかという、屁理屈のユーモアをねらってみた。

伊東静雄の詩「帰郷者」に、「彼らの皆が／あそ処《こ》で一基の墓となってゐるのが／私を慰めいくらか幸福にしたのである」という一節がある。故郷の墓地には、貧しい同郷人たちが静かに眠っている。それを見るのが無上の慰めだというのだ。

この一篇からは、詩人の心の葛藤が想像される。貧家出身で学力優秀な伊東静雄が、それまでどれだけ苦しい思いをし続けたのか、僕にはよくわかるような気がする。生きている限り逃れようのない、解決のない悩み。だからこそ、死後の安らぎが救いなのである。昔の人もみな死んだじゃないか。悩みといっても、せいぜい死ぬまでの話。死んだら全てから解放されるよ、と。

横死者を悼《いた》む

事故死、自殺、殺人、戦死
僕たちの日常の隣にある非日常
全ての横死した魂がせめて
あの世に安らかであらんことを

これまで必ずしも幸運に恵まれてこなかった、と思う時がある。二十代の終わり頃、僕はシドニー大学専任講師就任が決まっていた。ところが、腎臓病を理由にオーストラリア政府から就労ビザを拒絶され、泣く泣く渡航を諦めた経験がある。

人工透析患者は、旅行先でも二日に一度病院に行かなければならない。だから、海外の学会に参加するのは非常に難しい。比較文学という国際的学問を専攻しているだけ、一層哀れである。そんな時、僕の想像力は、人生の志を中途で折られてしまった、横死者たちの無念へと向かってゆく。

事件や事故で、突然全ての風景が変わってしまう恐怖。今まで築いてきたもの一切が粉々になり、砕けた自分の破片を一つ一つ拾い集めて、初めから組みなおす苦しさと悲しさ。自分は命があるだけまし、働くことができるだけ幸せだと思わねばなるまい。そんな時、僕は仲間同類として、横死者の魂の平安を心から祈りたくなるのだ。

人生問答

人生は如何《いかが》でしたか？
その問いに、僕はほほえむ。
そして答える。
なかなか苦しいものでした、と。
もしも救いがあるとすれば、
限りなく美しい瞬間が……
いくつかあったことだろう。

二十歳の時から腎臓を患《わずら》い、四十八歳の現在に至っている。思い起こせば苦しいことの数々、我ながらよくぞ今まで耐えてきたものだ。死んだ方が楽、と感じたこともしばしば。それでも、自殺など考えずに暮らしてこられたのは、感動的な瞬間の追憶が、いくつか脳裏にあったからだろう。

闘病で先が見えない時、思い浮かぶのは、自分が限りなく輝いていた過去の時間。あの時は確かに幸せだったと懐《なつ》かしむうち、生きる意欲がふつふつと湧いてくる。ささやかな栄光の記憶が、苦しい時を支えてくれた。昔の自慢話を何度も語る老人の心を、僕は少し理解できる。

若い頃、「人生」という言葉が嫌いだった。何だか大袈裟過ぎるし、感傷主義や教訓主義の響きがして、好きになれなかった。しかし今、「人生」は僕と等身大の語になった。「人生」と言ったところで、平凡な人は死も平凡で、劇的なことなど何も起こらないことを、僕は十分に知っている。

Ⅲ　心に風景を刻む

凧《たこ》の糸

一筋の糸が
新年の天へと延《の》びている
先程までは風を受け損《そこ》ね
何度も地面に叩きつけられたあの凧に向かって
高く高くより高く
ゆるやかな孤を描きながら
春の空へと続いている

正月に河原で凧揚げをしているのを目にすると、少年時代を思い出す。凧は子供の時分の記憶と分かちがたく結びついていて、人を遥かな郷愁へと誘う。糸が空中に消えてゆく切なさ。高く揚がった凧の遥けさ。そして、古い記憶の遥けさ。

手元から繰り出された糸は、信じられないほど高い所まで伸びてゆく。糸は凧に向かってしだいに角度を増し、宙までも登らんとする風情。凧を操《あやつ》る人の視線は常に上向きで、目は遠くの一点を見つめたままだ。

「凧《いかのぼり》きのふの空のありどころ」と、与謝蕪村は吟じた。実に見事な凧の詩学。僕もいつか凧を題材にした詩を書いてみたい。そう念じていたところ、ふいにこの詩が出来上がった。「何度も地面に叩きつけられた」や、「高く高くより高く」に、精神の高みを求めてやまない心のありようを託してみたのだけれど、もしかすると、解釈を限定してしまう余計な一節だったかも知れない。

起こさないで下さい

私を起こさないで下さい
お嬢さん
春の汽車はカタコト揺れて
夢は今が盛りです
あなたは清らかな聖女となって
静かに舞っておられます
お嬢さん
どうか私を起こさないで下さい

空想は、現実よりも美しい。白昼夢ほど魅力的なものはない。夢を見たまま一生を過ごすことができたなら、どれほど楽しいことだろう。僕たちは、美人に案外欠点が多く、恋愛は忽《たちま》ち醒め、春は瞬《またた》く間に過ぎ去ってしまうことを知っている。しかしそれでも、このあさましい世界に麗《うるわ》しい夢を描こうとする。

一般に、詩はロマンティックなものであり、醜悪な政治権力や、勘定高い商売とは対極にあると考えられている。ところが、優れた政治家や企業家は、詩人よりも遥かに壮大な夢を見ていることが多い。目の前には存在しない社会のあり方を、脳裏に想像している。彼らは、未《いま》だ実現していないものを心の中で鮮明に思い描いているが故に、人々に未来の方向を指し示すことができるのだ。

空想を現実とは正反対のものと見なすのは、決して正しい考え方ではない。実際は、想像力こそが、現実を激しく突き動かしているのである。

危うい昼下がり

——石川啄木「夏の街の恐怖」改編

うたた寝の母の膝から
よちよちと子が這《は》い出した
昼過ぎのプラットフォーム
人気《ひとけ》ない私鉄の小駅
急行電車は近づいた

うたた寝の母の膝から
立ち上がり一歩二歩
子は笑いホームの隅へ
楽しげに両手動かす

急行電車は近づいた
うた寝の母の膝には
ハンカチがかすかに揺れる
白線を子は越えてゆく
美しい春の午後二時
急行電車は近づいた

石川啄木の詩「夏の街の恐怖」を、自分なりに咀嚼《そしゃく》しつつ書き換えた作品。模倣作と指弾されたとしても、全く反論することができない。最近僕は、「本詩取り」という技法の開拓にいそしんでいる。詩は詩人の体験に基づいて作られるとする、一種の独創性神話がある。しかし、先行作品にヒントを得て後発の表現が生み出されてきた一面も無視できない。和歌に「本歌取り」があるのなら、詩に「本詩取り」があっても良いではないか。「本歌取り」が盛んになったのは、和歌が円熟を迎えた平安末期。平成の今日、近現代詩も「本詩取り」が可能な成熟期に入ったと思う。

『詩物語』に続く第七詩集は、「本詩取り」をテーマとする予定。近現代詩のみならず、漢詩や西洋の詩、俳句や和歌をも材料にして、自分なりの七五小曲を作る試みである。「本歌」ならぬ「本詩」を明記することで、改編行為そのものに意義を見出してもらえるよう工夫している。

豪雨

増水した川の岸辺に
人が横一列に並んでいる
水位を見に来た老人が流されたのだ
消防隊員は綱を張っている
警察官は橋を通行止めにしている
人々はみな濡れている
水は濁流を乗り越えて
山からぐんぐん押してくる
老人はどこまで行っただろう
遥か海まで行っただろうか

この詩はフィクションである。完全に想像力だけで出来上がった作品。見たこともない情景が突然心に浮かんだのは、我ながら不思議である。

東日本大震災以来、絆《きずな》という言葉をよく目にする。しかし、いくらつながりが密接でも、人は一人で死んでゆくよりほかない。生き残った側は生活に忙しく、毎日ごはんを食べ、トイレに行かなければならないし、仕事も待ち構えている。かくして僕らは、この世から去った人をしだいに忘れ、普段通りの日々に舞い戻ってゆく。

生者と死者を分けるのは、わずかな距離である。ほんの数メートルしか離れていなくても、落水した人を引き上げるのは困難で、いつもの川が、越えられない生死の境を作ってしまう。川岸という日常の、すぐ隣にある死。残された者は、せいぜい横一列に並んで濁流を眺めることしかできない。身体屈強な消防隊や警察官の無力。時の流れは容赦なく、死者を下流へ下流へと押し流してしまう。

生口島《いくちしま》・耕三寺《こうさんじ》の丘

風の通り抜ける白い丘に登れば
遠く造船所から槌音《つちおと》が運ばれてくる
みかん畑
レモン畑
オリーブ畑
波の跡曳《ひ》く貨物船
ゆっくり動く雲の群れ
時は流れているのか止まっているのか……
去り難《がた》い心のままに
陽《ひ》が島陰に傾くと
時間は黄金の大理石に輝いた

三原港から船に揺られること三十分、生口島《いくちしま》・瀬戸田《せとだ》の桟橋に到着する。ここは画家平山郁夫の出身地で、耕三寺《こうさんじ》というお寺がある。境内の道は裏山に延《の》び、敷石も頂上も全て白堊《はくあ》の大理石で敷き詰められた「未来心の丘」へと続いている。

少し下から見上げると、青い空を背景にして真っ白に輝く大理石の山頂が、非現実的な光景を作っている。振り向けば、これまた美しい瀬戸の多島美。僕は随分長いこと腰を下ろし、山上の桃源郷で夢のような時間を過ごした。

普段は、一時間などあっという間に経ってしまうのに、山の上から海と島の景色を眺めていると、まるで時の流れが止まったかのように感じられる。いったい僕は、いつも何をせわしなく動き回っているのだろうか。大切だと思っている用事は、実はとるに足りないことばかり。人生の本質から遠いところで忙しがっているのではないか。風に吹かれていると、自然にそう思われてくる。

うれしい黄昏《たそがれ》

なんてやさしい黄昏だ
ひとり窓辺にくつろげば
網戸《あみど》から良い風が来る
蜩《ひぐらし》があわれを歌う
家々に明かりが点《とも》る
夜空には星が瞬《またた》く……
風が心を撫《な》でてゆく
うれしい孤独の黄昏だ

日常のふとした瞬間に、目の前の景色がどこか遠い異郷の光景に見えてくることがある。いつもの場所にいるはずなのに、自分がまるで見知らぬ土地に迷い込んだかのような錯覚。ある夏の晩、僕は広島大学の研究室から外を眺めながら、気の遠くなるような、不思議な感覚を味わっていた。

窓を開けると、信じられないほど美しい黄昏《たそがれ》の風景である。気持ちの良い風が吹いてくる。この感じは、確かに記憶がある！しかし、いつどこで経験したのか、全く思い出せない。仕事場にいるのに、あたかも旅の途上にある如き気分。少年時代、遊びすぎて空が真っ暗になり、突然淋しさに襲われた時の郷愁だろうか。僕は、ただぼんやりとしたまま、遥かな世界にたたずみ続けた。

ふと見ると、机の上には書きかけの書類が置いてある。明日の講義資料が積んである。天井の蛍光灯は白々《しらじら》と輝いている。その瞬間、僕は現実に引き戻され、二度と夢に戻ることはできなかった。

秋の風鈴

秋になった
いつから秋が来たのか
知らぬ間に忍び寄る季節
リンリンと風に鳴る
夏の鈴をしまおう

季節の変り目には、不思議な哀感がある。烈《はげ》しい夏がわずかに下り坂になって、ひそかに秋を知る時節。ああ秋だ。若い頃にはそう感じた。中年になった今は、「僕はあと何回、秋を迎えられるだろうか」と思う。四十八歳の僕には、生まれてから中年までの半生がくっきりと見える。そして、年をとって死ぬまでの人生もまた、はっきりと見えるような気がする。若い頃から腎臓を病んで、人工透析患者になったから、病《やまい》と老いと死が人よりも鮮やかに見えるのだ。

それにしても、風鈴の情感の何と深いこと。その音の、何と頼りなく美しいこと。風鈴を発明した人は、きっと詩人であったに違いない。命の棒の真ん中過ぎあたりにあって、今僕は人生の初秋を迎えている。もう若くはない。リンリンと鳴る美しい鈴も、ふさわしい時節を過ぎた。僕はそろそろ、夏の風鈴をしまおうと思っている。

一家

隣のテーブルで太った家族が食事をしている
太ったお父さん
太ったお母さん
太った女子高生
そして太った中学生
四つの口を大きく開けて
せっせせっせと食べている
みんな見事に太っている
家族で仲良く食べている

これは、ファミリーレストランで目撃した実際の光景である。どう見ても、カロリー過多の不健康な食生活。僕は、テーブル狭しと皿が並べられた隣の席の一家を、ただただ唖然《あぜん》と眺めていた。

この食事の風景には、家族の本質が凝縮されている。子供の頃、僕は世間の全ての家が、自分のうちと同じような暮らしをしていると信じこんでいた。長ずるに及んで、我が家とは全く違う家庭環境を知り、初めて自分の生い立ちを客観的に見ることが可能になった次第である。ある家では当たり前のことが、別な家庭では異常なこととされる。それは、一種の家風であり、文化である。

丸々と肥えたあの女の子は、きっと肥満で苦しみ続けることだろう。その原因を作ったのは、どう見ても両親である。彼女は、この宿命を背負いながら生きてゆくほかない。思えば恐ろしい運命のめぐりあわせ。自分ではどうにもならない家庭の歪《ゆが》み。それが「血」というものだろうか。

口《くち》

買物帰りに電車に乗った
向かいに座ったおばさんが隣の夫をどやしている
酒代がかさみすぎるとか
余計なものを買うなとか
トイレの電気をつけっぱなしにするなとか
不満は次々沸いている
私は必至に笑いをこらえる
次の停車はどこの駅？
初夏の東京山の手線
ぐるぐるまわる内回り

不満を人前で滔々《とうとう》と語っている人ほど、みっともないものはない。このおばさんは、傍目《はため》に自分がどう映っているかなど、全く念頭にないらしい。若い女性にも、似たような人がいる。喫茶店で同僚への不満や非難を語り続ける女は、実に醜い。

僕は、卒業した教え子から、時々職場の相談を受けることがある。僕は一通り不満を言わせておいてから、「それであなたは、仕事を通して何を実現したいの？」と尋ねることにしている。たいてい、はかばかしい答えは返ってこない。

不満を解消したければ、自分の立ち位置を、より次元の高い場所へと移すのが良い。どうせ世の中には困った人が多いのだから、そんな人と同じ地平でものを考えていること自体、無能さの証しだ。人生は短い。時間を無駄にしている暇はない。いつまでも同じ所を廻《まわ》り続ける山の手線内回り電車など、さっさと降りて、新幹線か飛行機に乗ることを考えるのが良かろう。

Ⅳ　詩を書くこと

夢破れた芸術家への讃歌

二度と返らぬ人生を
「芸術」の二文字に賭けた
僕はあなたを尊敬します
才能はなかったけれど

昔の仲間は売れっ子に
今のあなたは貧しさに
僕はあなたを尊敬します
作品が売れなくっても

人並に就職してたら

本当に幸せだったか
僕はあなたを尊敬します
独り身で暮らしていても

芸術ほど、人を狂わせるものはないだろう。自分も芸術家として大成できるのではないかと思い、一生を貧苦と挫折の連続にしてしまう人が後を絶たない。文学、音楽、美術、演劇の世界には、数多くの夢破れた貧乏芸術家が生きている。

僕は小心者だからそんな勇気もなく、コツコツと真面目に勉強して型通りの大学教員になった。だから、芸術に人生を賭けた人を心から尊敬せずにはいられない。たとえ成功しなかったとしても、芸術に生きた人は、それだけで尊いと思う。僕の知っている限りでも、これに近い生き方をしている人が何人かいる。詩のモデルは、一人だけではない。

しかしながら、「夢破れた芸術家への讃歌」をこの詩集に収録することにしたのは、ある一人の人を念頭に置いてのことだ。あまり親しい人ではないけれど、心からの敬意を込めて、僕はこの詩をその人に贈りたい。どうかいつまでもお元気で。

売れない演歌歌手のように

僕は今
売れない演歌歌手のように嘆いている
音程や声色《こわいろ》に間違いはない
間違いがあるとすれば
僕が歌手であることだけだ
僕の憧れの歌を
僕の嘆きの歌を
必要としてくれる人はいないだろうか
僕は今
街頭の売れない演歌歌手のように
自分のためだけに歌っている

ある日、広島の三越の裏路地を歩いていたら、演歌歌手が歌を歌っていた。路上看板やら放置自転車やらが雑然と置かれている辻である。小さなお立ち台の上には、もう若くはない和服の女がいた。売れない歌い手の、苦肉の「キャンペーン」であろう。その場の何ともいたたまれない光景が、なぜか目に焼きついている。

おばあさんたちが数人、やや遠くからじっと耳を傾けていた。老人たちは、演歌が聞きたくてそこにいたのではあるまい。自分の娘ぐらいの年齢の歌手がかわいそうになって、聞いているふりをしてあげていたのだと思う。立ち止まる人がいれば少しは喜ぶだろうという、慈愛に満ちたやさしい心配りで。

その場の情景を、僕は鮮明に覚えている。あの哀れな女歌手の姿は、もしかすると、読まれない詩を書き続けている僕の自画像であったかも知れない。

月の文学

古典文学定番の月が、空高く輝いている。これまたお決まりの村雲が、月を隠そうと近づいてゆく。困っているのは地上の私だ。文学の世界には、はやりすたりがあって、古臭いとか実験的だとか、いろいろと難しいものですからね。月よ、雲よ。あなたたちがあまりにも昔のままなので、私は本当に弱ってしまうのです。

いわゆる「現代詩」に、僕は敵意を感じ続けてきた。万葉集以来の名詩歌に比べ、現代の詩は何と底が浅く、夜郎自大であることか。思想性や実験性が無闇《むやみ》に強調されるが、偉大な古典を前にすれば、どれも吹けば飛ぶような代物《しろもの》ではないか。

教養主義廃《すた》れたりといえども、古典への敬意は、決して失われるべきではない。立派な和歌・俳句・漢詩を残した古人を仰ぎ見てこそ、自分を客観的に評価できるはず。それなのに現代詩は……。

しかし最近、僕は別な考え方をするようになった。人生は短く、芸術は長い。歴史の評価は大変厳しい。名前が知られた詩人でも、没後は読む人がいなくなり、しだいに忘れ去られる。時間が作品を選別してゆくのだ。ほとんどの現代詩人は忘却の淵に沈むのだから、そんなものを相手にする必要などない。こう思うようになった。他人は他人。僕は古典を心から敬慕し、少しでもそれに近づこうと、謙虚に微力を尽くすほかないのだ、と。

ホームレス詩人

駅の地下を通りかかったら
老ホームレスが仲間に説教をしていた
にんげんだもの
一生が青春なんだ
みんな違ってみんないいのさ
だから正しいことを言う時は控え目に言わなきゃ
自分の感受性ぐらい自分で守ろうよ
服は薄汚れ
靴には穴が開き
片手に残飯をぶら下げていた
教訓とはかくもくだらないものであるか

もしかするとあの浮浪者は世に容《い》れられない詩人ででもあったろうか

街角で『ビッグ・イシュー』という雑誌を売っていることがある。誌面には、ホームレスが読者の相談に応じるページがあって、立派な人生訓が開陳されている。なぜこれほどの説教をする人が、住所不定無職なのか。教訓のくだらなさである。

詩の世界でも、道徳訓じみた内容は、多くの読者に好まれているようだ。大書店の詩歌のコーナーでは、相田みつをと金子みすゞが幅を利かせている。「にんげんだもの」「みんな違ってみんないい」。いわゆる「名言」「格言」や、読者の安易な自己承認願望を満足させる言葉ばかり。

これに続くのが、吉野弘と茨木《いばらぎ》のり子である。二人の作品には本当に素晴らしいものが多いが、なかには救いがたいほど底の浅い訓戒の詩が混じっている。意外なことに、教訓詩は絶大な人気があるらしい。「浅薄な思想が大衆受けする」という考え方は、あまりに読者を馬鹿にした発想だが、こと教訓詩に関しては、的を射ているようだ。

カンナの花

根府川《ねぶかわ》の駅を訪ねた
茨木《いばらぎ》のり子の詩枕だ
いくつもの列車が時代を通り過ぎて
今僕は
衰えゆく日本を嘆いている
忘れられたようなプラットフォーム
六十七年前の負け戦《いくさ》
カンナは今も海を向いて
赤い色に咲いている

茨木《いばらぎ》のり子の詩「根府川《ねぶかわ》の海」は、戦争で失われた若かりし日を愛惜した作品。風光明媚な駅に咲くカンナの花は、青春喪失の象徴である。

一方、第二次世界大戦を体験していない僕にとって、戦争は完全に過去の歴史である。むしろ、戦後の日本の国際的地位の低さこそが、現実的な喪失感の源であった。敗戦国日本に対する一部の欧米人・アジア人の敵意と「正義」は、戦後生まれの僕にまで向けられた。ソウルで、ペキンで、シンガポールで、僕は理不尽な扱いを受けた。

戦争に敗れれば、子孫までもが辱《はずかし》めを受けてしまう。負けるような戦争は、始めるものではない。明治の先人が築き上げた日本を、大正・昭和で食いつぶし、何もかも滅茶苦茶にした一九四五年。その影響は今も続いている。祖国を失敗に導いた尊大な連中と、戦後尻馬に乗って騒いだ奴らへの憎しみは、いつしか喪失感に転じてゆく。だから、僕の根府川は茨木のり子の根府川ではない。

幸せな詩人

講義で朗読をした
石原吉郎《よしろう》の「位置」だ
私は詩人の名を読み上げた
受難に満ちた人生の
この幸せな詩人の名を

芸術の世界では、幸と不幸が逆転する。世間的には不幸せでも、それが芸術の肥やしとなり、良い作品が生まれることがある。これは、芸術家にとっての最大の幸福だ。逆に、世俗的な幸せに恵まれ、表現したいという内発的欲求が薄れれば、それは芸術家としての死を意味する。

清《しん》の時代に、趙翼《ちょうよく》という詩人がいる。漢詩「元遺山集《げんいざんしゅう》に題す」にはこうある。「国家不幸なれば詩家《しか》幸いなり／賦《ふ》して滄桑《そうそう》に到れば句便《すなわ》ち工《たくみ》なり」。国が混乱に見舞われた時、詩人は題材に困らない。社会の激変を描く時、詩は最もその本領を発揮する。僕はこの一節に刺激を受け、「詩人の幸福」(『七五小曲集』)という四行詩を書いた。

シベリアに抑留された石原吉郎《よしろう》は、苛酷な強制労働で体を痛めた。帰国後は、ソ連に洗脳された共産分子と疑われた。晩年には精神を病み、奇行も目立ったという。何と幸せな詩人であろう。彼の作品は、戦後詩の歴史の中に燦然と輝いている。

薔薇悲歌

――金素月詩改編

あなたが立ち去るこの道に
バラの花びら撒《ま》きましょう
花びら踏んでお行きなさい
あなたの大きなその足で

あなたが踏んだ花びらを
私は胸に抱《いだ》きましょう
あなたが踏んだ花びらは
人の血の色愛の色

あなたが踏んだ花びらが
胸からこぼれ落ちる時
あなたが踏んだ花びらは
人の心に散るでしょう

金素月《きんそげつ》（キムソウォル）は、戦前の朝鮮の詩人。詩風は民謡的で、代表作「つつじの花」は、韓国人なら誰でも知っているらしい。自分を捨て去って行く人の足元につつじの花を散らし、どうぞ踏んでお行きなさない、と相手に語りかける。

東大駒場の大学院で学んでいた頃、学生室の雑談でこの詩の話をしたら、ある女子大学院生は、「あら自虐的ね」と感想を漏らした。この批評は、なぜか僕自身に向けられた言葉と感じられた。

自己犠牲すら辞さない誠実な心。純化された感情や思想こそが素晴らしいと考える、強烈な朱子学的純粋志向。この原理主義的な精神は、半島の人々に多くの政治的災難をもたらしてきた。一方、これを「赤《せき》心《しん》」と言いかえれば、まごころを表す良い意味になる。純粋志向は詩と相性が良く、朝鮮には美しい近代詩が多い。朝鮮王朝時代、科挙合格を目指す野心家は、漢詩が書けなければならなかった。詩は、立身出世の道具でもあった。

諷刺詩を作る

偽物《にせもの》を取り締まる特許庁の地下の売店で、ニセブランド品が売られていた。それをテレビが潜入取材。役人さんは面子《メンツ》が潰《つぶ》れ、慌《あわ》てふためくビルの中。これほど見事な諷刺詩を、私は未《いま》だに作れない。一本取られた、降参だ。これでは全くお手上げだ。

これは僕が実際にテレビで見た話。記者は、特許庁地下売店で売られているニセブランド品を購入、上の階の取締官のところに行って、何喰わぬ顔で「これは本物ですか?」と尋ねる。「偽物《にせもの》ですね」と自信満々の係官。そこですかさず、「特許庁の建物の中で買ったんですよ」。その後のお役人さまの狼狽《ろうばい》ぶりは、全く素晴らしいものだった。売店でバッグを買う時、隠しカメラの取材陣は、店員に「本物?」と確認した。その時、売り子はこう言い放った。「ここは特許庁。ニセモノのはずがないじゃないですか」と。これまた傑作。先進国ニッポンの一大珍事。まるでアジアのC国で起こりそうな、堂々たるインチキと大胆なペテン。

僕は、ユーモアたっぷりの詩を書きたいと思い続けている。だが、アイデアを出すのは難しい。ふざけすぎると軽薄に流れ、逆に批判色が強いと、詩に余裕がなくなってしまう。笑いと諷刺の絶妙な均衡を、この挿話《エピソード》は見事に体現している。

平等万歳

皆様のＮＨＫでは
偉い先生も「さん」づけだ
漱石ならば「夏目さん」
博文ならば「伊藤さん」
まことに結構な世の中だ

僕たちの日常はとても平凡だから、自分が歴史的な時間・空間を生きているという実感がない。二十年経ち、三十年が過ぎて初めて、「ああ、あの日が時代の転換点だった」「あの人はすごい人物だった」と気づいたりする。緊張感を持って日々を生きていないと、大切な瞬間の大切さを見過ごしてしまうのだ。僕らは何と愚かなのだろう。

たとえば、明治維新が進行している時ですら、大多数の人は、今までと同じように暮らしていたに違いない。劇的な時代に立ち合っているという感覚は、全くなかったのではないか。貴重な時空間に居合わせても、その意味を理解できないのだ。

平等は、平凡とわずか一文字違い。誰もが対等に「さん」づけで呼び合う気安さに安住し、僕らは日常のすぐ隣にある偉大さ、崇高さを見落としてしまう。立派な先生をつかまえて、「○○さん」と言うNHKに違和感を覚えつつ、自分も同様の怠惰な精神に陥っていないか、とても心配になる。

V　二行の詩情

ポケット

少年は破れた靴で歩いて行った
ポケットに片夢をつっこんだまま

少年にとって、ポケットはとても大事な場所だ。それは、わずかな所有物を大切にしまう所であり、退屈な手をつっこむ隙間《すきま》であり、都合の悪いものを隠す秘密の空間でもある。たとえ靴が破れていても、ポケットには少年のささやかな夢がある。

存在

小さな膝をかかえながら
宇宙の重さに耐えている

心に何か重いものを抱えこんでいる時、僕たちは自然と膝を引き寄せて座るようになる。まるで子宮の中に籠《こも》って、全宇宙の重さを耐えているかのような姿勢。江戸時代の俳人炭太祇《たんたいぎ》には、こんな句がある。

「行く秋や抱けば身に添ふ膝頭《ひざがしら》」。

広告

葬儀社が広告を出した
「皆様のお越しを心からお待ち申し上げております」

葬儀屋さんは、人生に欠かすことのできない大切な仕事をしている。にもかかわらず、明るく盛大な宣伝を出すのが憚《はばか》られる、不思議な業界。仮に広告を作ってみたら、ユーモアの利いた見事な文句が出来上がった。言葉が丁重なほど面白い。

時計台

街を行くたくさんの曖昧な人生に
正確な正午が時を告げている

銀座四丁目のイメージで作ってみた。街を忙しく行き交う人々は、みな明確な人生の目標を持っているのかどうか。空高く聳《そび》える時計台は、そんなことにお構いなく、冷酷なほど正確に、時を刻んでゆく。僕らはいったい何を齷齪《あくせく》しているのか。

丘に立つ

男は丘の上に立っていた
土の重さを感じながら

山ほど不思議なものはない。なぜここだけ土が盛り上がっているのか。気の遠くなるほどの土砂の重量である。それに比べ、一人の人間の体重など、吹けば飛ぶようなもの。丘に立つと、土の重さが下から湧き上がってくるような感覚を覚える。

花弁

妖《あや》しく誘う花の中で
五葉《ごよう》の白い夢が歌っていた

花ほど、計算高いものはない。魅力的な色と匂いで虫を誘いこみ、自分の遺伝子を残す手伝いをさせようとする。男を騙《だま》して金を巻き上げる妖婦のような存在。利用されていると知りながら、敢えて誘われる虫。そこに夢があり、歌がある。

砂浜の詩集

風がページをめくる
詩は波に忘れられた

詩は、海ととても相性が良い。波にリズムがあるように、詩にも韻律がある。言葉は砂の数のように限りがなく、つかもうとすると、指の間からさらさらとこぼれ落ちてしまう。風を意識することが少ないように、詩も普段は忘れられています。

著者紹介

西原大輔（にしはら・だいすけ）

1967（昭和42）年、東京生まれ。横浜育ち。聖光学院、筑波大学、東京大学大学院に学ぶ。学術博士。シンガポール国立大学、駿河台大学を経て、現在広島大学大学院教授。

詩集

『赤れんが』（七月堂、1997年）

『蚕豆（さんとう）集』（七月堂、2006年）

『美しい川』（七月堂、2009年）

『七五小曲集』（七月堂、2011年）

『掌（てのひら）の詩集』（七月堂、2014年）

著書

『谷崎潤一郎とオリエンタリズム』（中央公論新社、2003年）

『橋本関雪』（ミネルヴァ書房、2007年）

『日本名詩選1・2・3』（笠間書院、2015年）

二〇一五年一一月三〇日　発行

著　者　西原　大輔

発行者　知念　明子

発行所　七　月　堂

〒一五六―〇〇四三　東京都世田谷区松原二―二六―六―一〇三

電話　〇三―三三二五―五七一七

FAX　〇三―三三二五―五七三一

Printed in Japan

ISBN 978-4-87944-240-6 C0092